雨の土曜日

Nakazato Kazuhiko
中里 和彦

文芸社

目次

詩篇

エッセイ篇

詩篇

詩集　雨の土曜日

21

俺の人生は
20世紀そのものだった
訳の分からない人々との連なり
漠然とした夢たち
底のない沼のように
人々を誘い込み
音もなく人々を窒息させ
そんな状況の中で
そんな状況として
俺は在り

何時しか疑問も消え

20世紀として生き
頑強なレールの上を
連なりあって走り続け
そのスピードは
時間すら忘れさせ
俺等にぶつかり
潰されて行くトンボ達の
なんと軽いことか

その軽い物体の
引きずって来た
わずかな時間すら
理解することもなく
錆びたポイントは
切り替えられることもなく

俺等は抱えきれない幸福を胸に
走り続ける
トンボ達に気づくこともなく

やがて
人々は、それを21世紀と呼び
反省のない
俺等の人生は
走り続ける
走り続ける

（2003年11月）

赤とんぼ

くそっ、赤とんぼが飛んでく
くそっ、赤とんぼが飛んでく
重そうな雲に閉じ込められた空を

くそっ、赤とんぼが飛んでく
くそっ、赤とんぼが飛んでく
朝日も昇らぬ冷たいビルの間を

くそっ、赤とんぼが飛んでく
くそっ、赤とんぼが飛んでく
昨日の雨で濡れたアスファルト道路の上を

くそっ、赤とんぼが飛んでく
くそっ、赤とんぼが飛んでく
飯《めし》より酒が好きだった男の上を

くそっ、赤とんぼが飛んでく
くそっ、赤とんぼが飛んでく
昨夜《ゆんべ》のネオンの名残のゴミ箱の上を

くそっ、赤とんぼが飛んでく
くそっ、赤とんぼが飛んでく
一面のゲロの中に倒れた男の上を

くそっ、赤とんぼが飛んでく
くそっ、赤とんぼが飛んでく
まるで何もなかったかのように息もしない男の上を

くそっ、赤とんぼが飛んでく
くそっ、赤とんぼが飛んでく

シッポの代わりにマッチの軸をぶら下げて
まるで何もなかったかのように息もしない男の上を
一面のゲロの中に倒れた男の上を
昨夜のネオンの名残のゴミ箱の上を
飯より酒が好きだった男の上を
昨日の雨で濡れたアスファルト道路の上を
朝日も昇らぬ冷たいビルの間を
重そうな雲に閉じ込められた空を

くそっ、赤とんぼが飛んでく
くそっ、赤とんぼが飛んでく

（1982年11月）

深層海流

いったい、どこからきて
いったい、どこへいこうというのか

二千年に亘《わた》る
長い旅は
一日、数十センチメートルの積み重ね
とうに光も届かぬ海底を
冷たいエネルギーを秘めたまま
〈明日〉へ繋《つな》ぐ

いったい、どこからきて
いったい、どこへいこうというのか

一年、三百六十五日の
タイムリミットに
解決できぬまま
大人達は
気短に〈絶望〉を発射する

子供等は学舎《まなびや》を捨て
大人達を嘲《あざけ》る
理解できぬまま
大人達は
気短に〈管理〉する

数千メートルの海底に
大地の時の流れは届かず

深層海流という時の流れは
大地の人々に知られることもなく
さらさら、と流れ

いったい、どこからきて
いったい、どこへいこうというのか

二千年に亘る
長い旅は
一日、数十センチメートルの積み重ね
とうに光も届かぬ海底を
冷たいエネルギーを秘めたまま
〈明日〉へ繋ぐ

いったい、どこからきて

いったい、どこへいこうというのか

ふいに海面を突く
冷たい海流は
蓄積されたエネルギーとともに
沸騰した〈現在〉に
二千年も前の
グリーンランド沖の涼風を
ぶちまける

〈絶望〉と〈管理〉で
沸騰した〈現在〉に

（2000年7月）

〈弦人《つるびと》〉ヨーヨー・マ
―リベルタンゴに寄せて―

ヨーヨー・マが啼く
ヨーヨー・マが啼く

大都会のヘドロよりも深い地層を曳き摺り
何かあったはずの人生に
片足を残す流浪の男共の陽炎のような想いを曳き摺り

ヨーヨー・マが啼く

数千年の杉の根塊を育む大地を曳き摺り
万物の生命の母なる大海の

その水底よりも深い地層を曳き摺り
ヨーヨー・マが啼く
ヨーヨー・マが啼く

「正義の戦《いくさ》」に奪われし子供等の夢と
我が子の白骨を咬むコソボの母達の
土にまみれし想いを曳き摺り

ヨーヨー・マが啼く

チャールズ・ダーウィンが、人知の限界に啼いたように
パブロ・ネルーダが、サンチャゴの雨に啼いたように

ヨーヨー・マが啼く

ヨーヨー・マが啼く

（1999年11月）

アフガンの子

乾いた大地に
一つの家族がへばりついていた
そこに
その子はいた

土を練り上げて作られた家には
なぜか、星空を仰ぎ見て余るほどの穴が
やがて降る雪を防ぐ手立てもなく

なぜか、家族を吹き飛ばされ
なぜか、右足の膝から下も吹き飛ばされ

家族も、右足の膝から下も今はなく
でも
その子は
その全てを疑うでもなく
絶望するでもなく

なぜか、上空を行き交う
正義の翼を
手を叩いて見送っている

ただ
その子は
深い眠りの間
自らの頬に涙が
つたっていることを知らない

失われた足の痛みのためか
失われた家族への哀惜のためか

自由と正義を求めた人々の翼は
その子の涙を知らず
毎朝の挨拶のように
爆弾を送り続けている

（2002年1月）

葡萄畑に

パパは、いつも言っている

この谷の全てが
我家の葡萄畑だったんだ
ほら、幾筋もの切り株
あの一つ一つから
空を目掛けて蔓が伸び
緑で谷を染めていたんだ
この畑は
おじいちゃんとパパで
一筋、一筋、造りあげたんだ

僕は、パパの言う
緑の谷を思い描こうとするが
時折吹く
砂まじりの強い風が邪魔をして
とても緑の谷に辿り着けない
もうそんなに熱くない風から顔をそらし
ふと、空を見上げると
昨日と同じような
青い、青い空には
流された雲が、白い手のように
僕達の上を飛んで行く

ママは、いつも言っている

パパは、とても働き者で

この広い葡萄畑で
誰にも負けない実りを獲《と》っていたんだ
あれは、お前が生まれる
少し前のことだけれど
山の向こうから
悪魔の声が聞こえるようになり
あっ、と言う間に
この緑の谷を焼き尽くし
北へ去ったのよ

北からの悪魔どもは
緑の葡萄畑とおじいちゃんを
奪って去ったと言う
今度、南から訪れている
平和の使者達は

何か途轍も無く
怖い、悪い人達と闘い
僕達の村を守ってくれると言う

でも、平和の使者達は
僕の家が爆撃で壊されたことも
僕の右足の膝から下が無くなったことも
知らない
僕が、パパの葡萄畑を
この谷を埋め尽くす緑の葡萄畑に
生き返らせたいと
考えていることも
知らない

今日も白い手のような雲が飛んでいる

ここは、ショマリ平原の北の谷
僕はアブドゥル・ラジック、十二歳。

（2002年7月）

春

春なのに
　春なのに
春なのに
　春なのに
風も、山も、海もまろやかな春なのに
春なのに
　春なのに
春なのに
　春なのに

我が子の手もみずみずしい春なのに

金なく
　　家なく
　よるべき想いもなく
霞みまどろむ生きざまに
借家の座敷を彩る

三月三日　ひな人形
五月五日　武者人形

（1984年5月）

言葉の死

求めであり
答えであり
告白であり
独白であり
懺悔であり
教えであり
詩であり
歌であり

届かぬ声を紙にしたためた手紙であり
限られたものを分かち合う契約であり
何かを研究する論文であり

何かを証明する証書であり
何かを教導する教えの文書であり
すべからく統制する法であり
世の公正を問う報道であり
話し合う術の無い国にとっては宣戦布告であり

言葉の連なりは
何物かになることを求められ
しかし、影も無い言葉の連なりは
ただ
吐く人の在ることを
不器用に証明する

皮肉にも
何物にもなれない言葉の連なりは

影をもてない
自らの不器用を
嘲る

何物にもなれなかった言葉の連なりは
軽い嘲りの中
何を道連れに
死ぬのが
ふさわしいのか

何を道連れに
死ぬのか

（2004年11月）

嫁ぎ行く

可愛い子でいて
しっかりした小学生でいて
利口な中学生・高校生でいて
とっても良い大学でなくても
就職に有利な大学にはいり
卒業したら
少しでも良い仕事を見つけ
やがて
経済的にも、社会的にも
落ち着いた人と出会い
結婚し
孫の三人も

見せてくれれば

そんな
あれや、これやの
想いを押し付け
「子想い」を装い

今、振り返れば
君に、心静かな時が
あったのか
私の声援《ムダ》は、君の心に無頓着で

だが、幸いにも君は
私の想いを
ふいに払い

嫁ぎ行く

与えることが出来なかった
愛を
君は、自ら勝ち取り
静かに
微笑を残し
嫁ぎ行く

そんな君に、私は
一言も
一言の祝福の言葉も
手渡すことが出来ず

式場の隅で

「父親」を装う私に
君の微笑みは
ありがたくもあり
すまなくもあり

スポットライトの中を歩く
君達の後ろ姿を
見詰めることも出来ず
ふと、閉じた瞼《まぶた》には
なぜか今朝見た
君の生家の桃の花が映され

装い続ける私は
笑顔に泪するという
実にありきたりの

オヤジの時の
重みを噛みしめる

（2001年7月）

二十一世紀の赤坊達よ

一、進　化

シャボン玉のような瞳で
何物であるかを
識別できるようになった君達は
ダーウィンフィンチに興味を抱くだろうか
ムツゴロウに興味を抱くだろうか

残しきれない歴史の雫
A or Bの世界しかなかったと思わないでほしい
中間種はなかったと決めつけないでほしい
二十世紀の大人達は、欲望のままに他者を切り捨て
だからといって、進化は偶然・飛躍的・爆発的などと言わないでほしい

バージェス頁岩の登場者達が
まるで居場所を間違えた役者のように姿を消したからといって
進化の傍流などと言わないでほしい

二、システム

生産しないシステム
デリバティブの過激な回転に支えられ
脹らみ続けるシステム
欲望の世紀から
もったいぶって引き継がれる財布

中を覗き込み
〈何も、ねえじゃあねえか！〉
と、怒らないでほしい

怒りの銃弾を欲望の世紀に向けないでほしい
主催者も、主人公も、脇役もいない
そんな世紀に
君達の怒りの銃弾は、標的すら掴めず

中也のブランコのよう
ゆあーん　ゆよーん　ゆやゆよん
脹らみ続けるバーチャルなシステムの中
玉乗りをするピエロにならないでほしい

三、破　壊

生きるべき大地を奪い
寄るべきシステムを奪い
自己主張を続けた二十世紀の大人達
いささかの後ろめたさを持って大人達は言う

〈私達は、ただ生きて来ただけだよ〉

君達のシャボン玉のような瞳は
爬虫類の焦点の合わない瞳となり
大人達に問うだろう
あなた達が生き延びることに
それほど意義があったの
A or B以外のモノ、古いシステムには意義はなかったの

デジタルな君達の感性は気付いている
アナログな二十世紀の論理の欺瞞を
そう、君達は粉粉に破壊するだろう
過去と、他者と、未来への配慮を欠落したグロテスクな二十世紀の価値観を

（1999年7月）

悲しい言葉にのせて

テロルを操るテロリスト
夢でもなく
情熱でもなく
ましてや愛でもなく
そっと伸ばした手にはカミソリが

ドイツ語だという―テ・ロ・ル―
その響き
彼岸におかれた彼の想い
私に伝わることもなく
悲しみなどという
俗な言葉は

時として憎しみを増幅させ

伝わらない想いを
テロルにのせて
私に差し出すテロリスト

フワッ、と空舞うシャボン玉
虹色のシャボンの中では
カラ、カラと
乾いた音をたててテロルが舞う

何時かは
はじけて落ちる悲しい言葉
口から耳へ伝えられない悲しい言葉
テロル、テロル

テロルを操るテロリスト
夢でもなく
情熱でもなく
ましてや愛でもなく

取り返しのつかない過去に
血の涙でも流せるものならば
失った者への想いを
自らの命で埋められるものならば
そう思ったこともあったろうか
しかし、過ぎた時の前に
全てが欺瞞であり
彼は力なく笑みを浮かべ
ジャンプする

これが、俺の想いだ
差し出されたローソクの炎は
青く冷たい

夢でもなく
情熱でもなく
ましてや愛でもなく
そっと差し出された
青く冷たい炎の先には
オブラートにくるまれたニヒリズム

テロルを操るテロリスト
何時かは
はじけて落ちる悲しい言葉

何時かは
はじけて落ちる悲しい命

（2004年7月）

何度でも感謝

どうして私に生があるのか
かつては恨んだこともある自分の人生
十二支の回転は私に理《ことわり》を教え

父がいることに感謝
母がいることに感謝
妹弟がいることに感謝
妻と出会えたことに感謝
愚痴も言わず私を支えてくれた君に感謝
娘を、息子を与えてくれたことに感謝
私を父と慕ってくれる子供たちに感謝
私に孫を見せてくれた君たちに感謝

可愛い、可愛い孫たちに感謝
父と母の人生に感謝
ともに父母の子として生きる妹弟たちに感謝
私の人生に新たな未来を与えてくれた子供たちに感謝
私の人生に彩りを添えてくれる孫たちに感謝

全てがここにあることに感謝
お互いが幸多かれと祈ることに感謝
遅くとも理を知れたことに感謝
恨んだことすら思い出に変えてくれる人生に感謝
父と母に感謝

時の流れは、混濁を清流に戻し
朝日から夕陽への流れの絶対を教え
人の感情のむなしさを教え

静かに流れに乗ることの理を教えてくれた
その時の流れに感謝

（2012年10月）

素材

大豆を一晩水につけ
炊く
やわらかくなるまで
炊く
やわらかく炊きあがった
大豆に
少しの塩をかけ
食べる
あ、
これがタンパク質の味
と言うか
言わぬか

素材の味が
口腔を満たす

子供の頃
味噌づくりに付き合い飽きた
丁度の頃合いに
茶碗に山盛り
大豆が振る舞われた
その味がする
あ、
これがタンパク質の味
と言うか
言わぬか
素材の味。

（2004年11月）

冬の道

木立を縫うように伸びる島の道
寮へと帰る我が子を
送った
一台の車
霜解け水の滴るガードレール
触れるか
ボディはスレスレに
白い息でも吐くように走る

車の中
ヴォリューム最大のままスピーカー
季節はずれの歌をたたき出す

サザンが歌う
　ヤーレン　ソーラン

助手席のシートに
とっくに温もりはなく
空白乗せ
車は走る
走る車の中
サザンが歌う
　ワッパ　ラッパ

陽だまりを抜ける
一台の車
湿った路面を
タイヤ軋ませ

車の中
相変わらず
調節されないヴォリュームで
サザンが歌う
　カゴメやカゴメ　時間よ止まれ
　エンヤコーラ!!

（2004年11月）

夢

子を抱《いだ》く
夢を見た
まんまるい子を
両の腕で
しっかり抱き
頬ずりをしてみる
この子の行く末
とか
他の子との違い
とか
そんな想いは
頭の

片隅にもなく
ただ、ただ
可愛いばかりの
子を抱く
そんな夢を見た

（2004年11月）

命たちの風景

朝、十五・六才ぐらいの命
自転車を駆《か》って走って行く
年老いた命
四・五才ぐらいの命の手を引いて
幼稚園へ向けてか歩いて行き
ランドセルを背負った命が二つ
ビルの角から
ステップ踏み踏み登校して行く
ゆっくり走る車の助手席には

学校へ送ってもらうのだろうか
寝ぼけ眼《まなこ》の中学生らしい命が座り

若い命の押すベビーカーには
生まれたばかりの命が
母親の顔をじっと見つめながら
朝日に照らされ
水晶玉のように輝いている

幾つかの命を支えているであろう
四十才ぐらいの命
スーツ姿で出勤して行く
その中年の心のスクリーンには
家族という命の固まりの風景が
心地よい残像としてあり

あちこちから流れ来る命たちは
私という命の目の前を
さらりと通り過ぎ
それぞれが次の風景の主役として
踏みなれたステージへと向かって行く

さて、私という命は、と言うと
アパートの窓辺に陣取り
毎日繰り広げられる
命たちの葉擦《はず》れのような賑わいを
じっ、と見つめ
よかった、よかった、と
呟《つぶや》いている

（2005年2月）

君、去りぬ

君、去りぬ
予告はあったものの
君、去りぬ

幼き頃より
君を見続けた私の眼は
見るべき君を失い
断ち切られた視神経が
イタイ、イタイ
と、言っている

君、去りぬ

いつも、何処からか
聞こえていた君の声
その声を追っていた私の耳は
聞くべき君の声を失い
断ち切られた聴覚神経が
イタイ、イタイ
と、言っている

君、去りぬ
甘いお乳の香りから
何時しかシャンプーの香りに
変わっていた君
嗅ぐべき香りを失い
断ち切られた嗅覚神経が
イタイ、イタイ

と、言っている

君、去りぬ
危なっかしく
君を抱いた
この手、この腕は
抱くべき君を失い
断ち切られた触覚神経が
イタイ、イタイ
と、言っている

君は、『また、来るね』と言ったけど
それは、たまに、のことで
私の唇は
イタイ、イタイ

とも言えず
しょうがないから
みぞおち辺りに妙に力を入れ
こっそり、泣く。

（2004年11月）

家庭

家庭の中に
宇宙がある

「小さな世界に入りたくないの」と言う人がいる

だが、なかなか
そこには
宇宙がある
幾つもの宇宙がある

そこでは
宇宙の数だけの時間が交叉し

のんべんだらりに時を紡ぎ
紡がれた時は
思いっきり不定型で

それぞれの宇宙の体内には
数え切れないほどの星を抱え
星と星はへその緒で結ばれ
へその緒のネットワークはココロを形成し

宇宙の数だけココロがあり
ある時は「良いココロ」と言われ
ある時は「悪いココロ」と呼ばれ
どちらが表だか、裏だか

「うーむ、おもしろいぞ」と言う人がいる

だが、気を付けないと
ブラックホールさえあるのだ
どこが入り口で、どこが出口かも分からない
暗黒のブラックホールが

本当に、一丁前の宇宙がある
そう、そこには
宇宙がある

とっても味のある
宇宙がある

（2001年8月）

ニオイバンマツリ

梅雨には、まだ早い五月の末
鮮やかな紫の花が
庭を彩る
ジャスミンの香りをたたえた
この花は、ニオイバンマツリ
やがて花びらは
紫から白へと変貌を遂げ
この花のひとかたまりは
まるで、初めからそうであったかのように
紫と白、二色で彩られる
この頃になると
季節は梅雨に入り

私は、憂鬱な気分を
梅雨の雨と
このニオイバンマツリのせいにする

気づきつつ
閉じ込めるしかない弱い心

さまざまなモノのわずかな欠け・ねじれ・ゆがみを見ることの不快
ガウディが残した建造物の曲線から
ふいに目を背けてしまう不規則性の不快
耐えられないこともない小さな不快感が
確実に心の襞《ひだ》に巣食い
許容できない私の心は怯え
それは、異形忌避症とでも言うのか

さらに私の弱い心は
それらを差別し否定することで
心の安寧を得ようともがく
私の感覚器官たちは
ひたすら、自らの正当性を主張する
「君は、変だ、異常だ。そんなのは、君だけだ。」
実に場当たりな戦略ではあるが
当面のごまかしに力を注ぎ
こんなことを何時から始めたのか
記憶にはないが
心には
わずかな安寧とともに得体の知れない澱《おり》を残し

いつまでも続けられないごまかしに
せめて

この花のように、とは思いつつ
成し得ない心の変貌に
惨めにも
鮮やかな変貌を成し遂げる
ニオイバンマツリに嫉妬する
美しく佇むだけのニオイバンマツリに

きっと、来年も
いや、来年こそは

葛藤は
ニオイバンマツリがこの庭に来た
数年前から続いている

（2005年7月）

孫の手

小さな小さな孫の手
モミジの手

伝い歩きが上手になった
その時から
あっちに、ペタペタ
こっちに、ペタペタ

家の隅から隅まで
触り歩く
あっちに、ペタペタ
こっちに、ペタペタ

その手のひらで
指先で

何を感じ取っているのか
モミジの手
あっちに、ペタペタ
こっちに、ペタペタ

ちょっと不快な顔を見せる
伝い歩きの孫
掃除をさぼった爺さんは
ぐっと息をのみ
小さな検査官の顔を見る

そんな私の不安を察してか
何もなかったように
歩き出す
可愛い可愛いモミジの手

（２０１３年2月）

雨の土曜日

折角の遠足
雨のせいで、なくなった
仕方なく
はじけ回る小さな命達
ドン、ド、ド、ド、ド、ド、ドン
いつものように
はじけ回る
ドン、ド、ド、ド、ド、ド、ドン

いつからか
父は出稼ぎでいなくなり
晴れの日とて

外で遊べず
家の中
ドン、ド、ド、ド、ド、ド、ドン

若い母
二つの命もてあまし
晴れの日、雨の日
家の中
歩道に溶け行く桜窓越しに
二つの命抱きしめる

雨の土曜日
幼稚園の遠足なくなって
はじけ回る命達
ドン、ド、ド、ド、ド、ド、ドン

母の笑顔、泣き顔、お構いなし
はじけ回る
ドン、ド、ド、ド、ド、ドン
いつものように
はじけ回る
ドン、ド、ド、ド、ド、ド、ドン

（2006年8月）

母の笑顔

私が子供を連れて訪れると
母は、一言
「来たっね」と言うと
ニコリと笑顔を見せてくれた
あの笑顔が懐かしい
瞼を閉じると
あの笑顔が
浮かぶ

今、施設で暮らす母は
表情を失い
視点も彷徨っている

たまに感情を表したかと思うと
眉間にしわを寄せて
おびえたような顔を見せる
何におびえているのだろう
と考えていると
今度は悲しそうな顔を見せる
理解できない私を見抜いたのか
今度は怒った顔を見せる

そのうちに
と待っていても
あの笑顔は見せてくれない

（２０１５年７月）

手話

君は、大きな身振りで、手で、指で
語りかける

右に左に、上に下に

身振りを続ける君の瞳は
ジッと私を見つめ
何を分かち合いたいのか

大きな身振りで、手で、指で
語りかける

全ての動きは
君の胸の周りで
押し出すように
そう、君の心の周りで
押し出すように繰り広げられ

私は、君の言葉を一つ掴んでは
ホッ
一つ掴んでは
ホッ

理解できた事を
手話で返すことは出来ないけれど
少し、はにかんで
老いた笑顔を

君に差し出す

（２０１１年６月）

シャボン玉

東の国に
数万のシャボン玉が浮かんでいる

大きなシャボン玉の中には仮の家があり
傷ついた民たちが暮らしている

シャボン玉は六千度の欠片に照射され
いつ割れることやら

傷ついた民たちは
逃げることも出来ず
空中で浮遊しながら暮らしている

子ども達は叫ぶ
『地上で遊びたいよ～』

その地上には
傷ついた民たちの人生を吸着したガレキが野積みにされ
吸着された人生とガレキは
苦しみ悶え
叫んでいる

ここで焼いてくれ
ここに埋めてくれ
早く鎮めてくれ
早くここで鎮めてくれ
生きてきた
この地で鎮めてくれ

行きかう叫び声の上空には
相変わらず
六千度の欠片に照射されながら
シャボン玉が
傷ついた民たちを乗せ
浮遊している

（2012年7月）

春の訪れ

福島が
フクシマと呼ばれるようになって
2度目の春が来た

どこにいたのかカエルが現れ
田んぼの畔にはつくしんぼう
すっくと立つ欅《けやき》の枝のあちこちには
小さな小さな塊が
芽吹きの予感で
私の心を温める

だが、問わずにはいられない

つくしんぼう、つくしんぼう
お前は、昔と同じつくしんぼうかい
お前の根っこは、同じかい
つくしんぼう、つくしんぼう
お前は、来年もつくしんぼうかい
お前の根っこは、来年も水を吸ってくれるかい

私は、お前を手に取り持ち帰る
私は、お前の命を口にする
お前の命が消えたとて
私の命が消えたとて
原子の滓《かす》は生き残り
お前と私の子孫を貫き通す
何万年にわたって

貫き通す

その誤魔化しようのない事実が
フクシマの春の底を凍らせ
いつまでも、いつまでも寒い

（2013年2月）

ポケット

認知症と言う言葉に驚き
認知症と言う言葉に戸惑い
母の声は聴かず
認知症と言う言葉に囚われ
認知症と言う言葉の処方箋にすがり
母を捨てた私

閉じ込められた母は
どのような思いで
私を眺めていたのだろうか
今、聞くことは出来ない

面会に来た私に
震える体で何かを伝えようとしていた母
口に出しても私には理解されず
認知症の現象としか見ない私を
母はどう思っていたのだろうか

消えた命は私を責めることもなく
ただ、フレームの中で微笑んでいる

答えを求め自問しても
湧き出る言葉は言い訳ばかりで
虚しく
ありふれた問いが私の胸を去来する
「どうすれば良かったのだ」

過ぎ去った時は
求めに応えることはなく
諦めきれない私は
ありふれた問いを繰り返す
「どうすれば良かったのだ」

やがて私は自問自答に疲れ
答えを恐れる心と共に
全てを母の思い出と言う
ポケットにしまい
日常に戻って行く

（2022年11月）

秘密のプレゼント

母は、プレゼントをする
妻には、古びた財布
娘には、ちぎれたネックレス

それぞれ
大事に、大事に、ビニール袋に入れ
少し落ち着きなく
父や、私に見えないように渡す
秘密のプレゼント

プレゼントを渡した母は
大きな仕事を終えたかのように

安らかな笑顔に戻る
きっと、昔から、そうしていたのであろう
気持ちの少しを物に託し
秘密のプレゼント

プレゼントをもらった娘は戸惑い
妻は苦笑い
耳の遠い父は気配を察することもなく
気づいた私は
妻に目配せをする
妻は、娘にも促し
お礼を言う
「ばあちゃん、ありがとう」
母は、嬉しそうに笑顔を浮かべ
やがて、「しっ」と口の前に人差し指を立てる

母の精一杯の気持ちを込めた
秘密のプレゼント

（2014年5月）

ススキの叫び

パイプ椅子を並べ
婆ちゃんたちは座っている
何を言うでもなく
ただ、じっと前を見つめ
座っている

胸のゼッケンには
何かが書かれているが
人々に読まれることもなく
たまに読み上げる婆ちゃんたちの声を
人々が聞くこともない

パイプ椅子を並べ
婆ちゃんたちは座っている
行き交うトラックの
巻き上げる砂ぼこりに顔を伏せ
座っている

トラックの行先では
草は刈り取られ
木々は切り倒され
大きな重機が
大地をはぎ取っている

パイプ椅子を並べ
婆ちゃんたちは座っている
たまに、その視線は傷ついた大地に行き

思い出を胸に
座っている

座っている婆ちゃんたちの前を
行き交うトラック
風圧に一本のススキが巻き込まれ
タイヤの圧倒的な重圧に姿を失い
踏みしだかれたススキは
無数の綿のような種をはじき出し、叫ぶ
『コウバルに、来年も咲く！』

（2020年11月）

十五夜お月さん

さわやかな秋風に包まれ
月を見ている
見事に真ん丸な十五夜のお月さん

ふと、耳の奥から母の声
「う～さぎ、うさぎ、何見て跳ねる～」
幼い私を傍らに座らせた母は
じっと月を眺めながら歌っていた

今思えば、あのころの母は、まだ、二十二・三才
月の光に何を見ていたのだろうか

幼い私は、母の思いなど知る由もなく
ただ、心地よい歌声と
綺麗な月に
いつの間にか眠っていた

「う～さぎ、うさぎ、何見て跳ねる～」
八十歳の母は、今、月を見ているだろうか
それとも布団の中だろうか

六十一歳の私は、母のそばに座ることもなく
遠く離れた地で
一人、月を見ている

（２０１３年９月）

エッセイ篇

「自然」という言語認識の定着過程についての一考察

1. はじめに

1999年の秋のことだった。

いつものように、何を見るでもなくテレビを見ていた私は、これまでに味わったことのない不思議な感覚に襲われた。

アマゾンの奥地をレポートする番組の中で、メイナク族の酋長が「ここには『自然』という言葉はなかった。最近、西洋人が入ってきて教えられた。それに『幸せ』という言葉もなかった。幸せは、ここではみんなが賑やかとか、みんなが穏やかということだろう。」というコメントをしていた。

「自然」という言葉がない、ということは一体どういうことだろうか。私は自らが日常的に使用している「自然」という言葉が存在しない事態を理解できなかった。

彼らは自然をどのように認識し、いや、周りのものをどのように認識し、自らとの関係をどのように理解しているのだろうか。

こうした疑問は、彼らの生活を考えるのみでなく、むしろ自らが日常的に使っている言語に少なからず疑問を抱かせ、そうした言語の繋がりで成立している私たちの社会に対する疑念を抱かせる結果となった。

「幸せ」とは、みんなが賑やかであり、みんなが穏やかなこと。

「幸せ」という言葉について、私は主に個人のこととして理解していた。それこそ経済的に恵まれ、不安なことが無く、楽しい生活を送れるような状態にある個人が自らを「幸せ」と認識し、そのような状態の人のことを「幸せな人」と表現するものと理解していた。

また一方で、「みんなが賑やかであり、みんなが穏やかなこと」というメイナク族の「幸せ」に対する認識について、理解できないことはない。

自分ひとりではなく、周囲との関係の中で幸せな状態が自分にもたらされる。「幸せ」についてそのような認識を持っている人は、現在の日本でも、数多くいるだろう。

だが、「自然」という言葉がないという状況については、どうしても理解できないことであった。しかし、現在の私にとっては、メイナク族の社会に「自然」という言葉がないことについて調べようにも、何も材料がなく確認のしようのないことである。

そこで私は、現在私たちが使っている言葉が、どのように私たちにもたらされたものなのかを考えることで、「自然」という言葉と私たちのかかわりについて少しでも理解できないものかと考えたのである。

果たして、この作業はどのような結果になるものか。そのことに、どれほどの意義があることなのか。

すべてが分からないことばかりではあったが、「自然」という言葉が存在しない状況を意識することに対する一種の不安みたいなものには替え難いもののように思えた。

2.「自然」の意味について

今日、日本で「自然」と言うときは、一般的に「山、川、海、動物」など自分自身を取り巻く環境を総称的に表現するとき、あるいは、加工されていないそうした環境を表現するときに用いられている。

かなり古いが、手元にある角川国語辞典（昭和36年出版）で「自然」の項目を調べると次のように定義している。

〈名詞〉

①天然のままの状態。

②人間の力を加えない、物事そのままの状態。

③狭義では、山川草木。広義では、外界に実在するいっさいの現象。

④人類以外に存する外界。

⑤造化の作用。

⑥本性。天性。

この辞書における「自然」の定義からすると、私の「自然」という言葉に対する認識は間違いではなかったと言える。

しかし、「造化」とか「本性」という定義を見たとき、「自然」という言葉の成り立ちの裏には、私たちの一般的認識以外に何かがあるのだとはじめて認識した。そこで、由来を知るために古語辞典（旺文社・１９９０年重版）で調べると次のように定義されてあった。

〈名詞〉
①人の手の入らぬままであること。
②万一。

この辞典での「自然」の定義は、明らかに私の認識する「自然」ではないといえる。例えば、「大事な自然を、守ろう」という文章の「自然」の代わりに「人の手の入らぬままであること」とか「万一」という解釈を代入して会話が成り立つだろうか。「人の手の入らぬままであること」という解釈を「人の手の入らない状態」として代入した場合には、会話が成り立たないことはない。だが、私たちが一般に「自然」と言うところには、多くの場合には人の手が入っており、人が住みやすくするために少なからず「開発」されている。次に、「万一」という解釈を代入すると、まったく理解できない文章となってしまう。

このようなことから推測すると、「自然」についての古語辞典における定義では、現代社会を生きる私たちが利用する言語としては意義を有しない。

つまり、過去の「自然」の意義と現在使用されている「自然」の意義が変わっているということであり、同時にいつかの時点において意義を変えるようなことがあり、私たち日本人はそれを受け入れたという経緯があったのである。

3. そもそも「自然」という文字は何処から来たのか

意義は違っても古語辞典に「自然」という文字が記載されているということは、この文字の生成はそれなりに古い歴史を有することなのだろう。

日本文化の根底には、漢字の移入と同様、中国の文化が色濃くその痕跡を残している。このような事実に基づき推測するならば、漢字あるいは仏教とともに日本に移入されたものではないかという推測もありうるだろう。

手がかりを求めて大漢和辞典（大修館書店）により「自然」を調べてみると、次のような説明の他に六項目の語義の解説が記載されている。

○人為の加はらない義。天然。本来のまま。おのづから。

〔老子〕人法㆑地、地法㆑天、天法㆑道、道法㆓自然㆒。

ここでは、他でもない極めて哲学的意義を持っている。――人は地に法り、地は天に法り、天は道に法り、道は自然に法る。――

角川古語大辞典（昭和62年出版）においては、「漢語。中世以前は、おのずからそうある意の場合は『じねん』を用いた。」とある。

つまり、漢語「自然・じねん」として移入された「自然」は、哲学的意味合いで使用され、時代の変遷の中で「しぜん」と発音されるようになってきたのである。

しかし、哲学的意味合いの強い言葉を、一般の人々が多く使うとは考えにくい。さらに、今日使われる「nature」の訳語としての「自然」とはほど遠く、ここには、それこそ自然に「じねん」が「しぜん」になったと考えるのではなく、何らかの試行錯誤を伴う人々の努力があったと見るべきであろう。

再び、辞典をたよりに手がかりを求めていると、辞林21（三省堂）に次のような気になる熟語が載せられていた。

しぜんがく【自然学】
ギリシア哲学において、自然を扱う学問部門。しばしば論理学・倫理学とともに哲学の三部門を成す。

しぜんしゅぎ【自然主義】
—①などは省略—
②19世紀後半におこった文芸思潮。観察を標榜する近代のリアリズム（写実主義）の延長上に、これを科学的に徹底し、理想化を排し人間の生の醜悪・瑣末な相までをも描出する。フランスのゾラ・モーパッサンなどが代表的。この影響のもとに、日本では明治後期に島崎藤村・田山花袋などが輩出した。

しぜんとじんせい【自然と人生】
随筆・小品集。徳富蘆花作。1900年（明治33）刊。短編小説・評伝・

随筆・散文詩を収録。万物に神を見る汎神論的自然観がうかがえる。

これらの記述からすると、明治期に中国とは別ルートから、「自然」に関する何らかの解釈の移入が行われたとも推測できる。

それにしても、相変わらず堅苦しい言葉としてしか使われていないようである。今日若者が使うような、「五島って、自然がいっぱいじゃ〜ん。」などという使い方、つまり「自然＝nature＝山野河海」という理解の仕方は、いつの時点で日本人に定着したのだろうか。

4．近代日本のへそ「明治」とは

近代日本の基礎が築かれたのは、明治時代であることは周知のことだ。政治・行政・産業、さらには先述の自然主義など文化全般、生活様式から学校制度まで、あらゆるものが明治時代に形作られている。

しかし、百数十年を経た今日、それらの具体的内容について、一般にはあまり知られていない。

そのような状態で漠然と推論を重ねても、実感を伴う研究にはならないと考える。

つまり、当時の生活感覚・時代変遷の実態を幾らかでも掴む中でこそ、新たな言語の生成の社会的背景を理解できるのではないか。

幸い近年、明治を紹介する図書の出版が続いている。そのひとつである復刻版の石井研堂著『明治事物起原』（ちくま学芸文庫）から、幾つかを参照させてもらう。

【恭賀新年の源】

明治三年十月二十三日の太政官令にて、新年賀詞の書式を示すこと左のごとし。

―書式略―

明治十二、三年以後、おひおひ盛行したる「恭賀新年」「謹奉賀新年」のはがきはここに起源す。

【社会といふ熟字の始め】

社会といふ文字は、『正法念経』第九巻に、「何者か妄語を社等の会中若しくは云々」、また「彼の人是の如く、社会等の中の妄語す、悪説す」などあれば、仲間衆といふやうの意義が、本義なりしなるべし。明治九年十月二十三日発行の『家庭叢談』第十四号に、「必ず日本社会に於て選び抜きの士なるべし」、また同十五号に、「今暫く大空社会の話を止め、我々の人間社会の事に及ばんとするに、此社会の事柄も等しく釣合を保たずしては順序の立たぬものなり」、その他、社会の字多く見ゆれば、この字の使用はじめは、やはり三田系にあるべきか。

【女権論の始め】

明治二年版『見聞録』に、「西洋風俗、女を先にし男を後にし、婦人に逢へば帽を脱し、婦人の前に在て漫に吸煙するを失敬とす」など、西洋婦人の男子に対しての位置を、国人に知らしめたり。しかうして、女権論のおほいに台頭したるは、明六社中の諸氏によりて鼓吹せられたるにあり。

【美顔術の始め】

……美顔術と表榜して、顧客を招ぐは、明治三十九年の夏、京橋区竹川町十二番地に開業せる理容館遠藤ハツに始まり、次いで、その支店ごときもの府内四、五ケ所に開けたり。こは、長く米国にありし者より、その方法と器械用剤などを伝授され、これを実施せるなりし。……

【地方税の始め】

明治十一年七月二十二日、府県費区費を地方税と改称し、その徴収支弁の条規を定め、府県会を設け、その方法を議せしむることとし、同時に府県会規則を頒てり。

【社会問題研究会】

明治二十三年十月、三宅雄二郎、片山潜、佐久間貞一、樽井籐吉および単税論者ガルスト諸氏、社会問題研究会なるものを起こし、学理と実際とにより、社会問題を研究せり。労働問題勃興となり、社会問題研究を来すは自然の勢ひなり。

【弁護士の始め】

明治十四年十二月二日、司法省布達、所属代言人規則中に、「裁判官の職権を以て選任したる代言人弁護人は正当の事由を証明するにあらざれば之を辞することを得ず」とあるごとく、代言人と弁護人と二種に分けてありしなり。「代言又は弁護受任中は代言免許満期に至り引続営業せず又は廃業すと雖も該事件終結に至るまで其代言弁護を担当すべし」など、代言と弁護を二様に用ひたり。

弁護士の資格　明治二十六年法律第七号をもって、弁護士法を定めたるが、その資格中に、「日本臣民にして、民法上の能力を有する成年男子にして、試検云々」とあり、その後、女子もまた弁護士たるを得ることとなれり。

【外国人と結婚の始め】

明治六年三月十四日、外人と婚姻差し許すの条規を布達す。同年七月『雑誌』第一一六号に、東京麹町山元町石川県士族北川泰治娘静、神田淡路町共立学校雇ひ教師英人フリームに縁組願を出し、聴き届けられし記事あり。新条規により、公然結婚したる始めなるべし。

【美術の熟字の始めと定義】

明治五年一月、奥地利〔オーストリア〕博覧会賛同出品勧誘の官令あり。博覧会品二十六区別を示せる中に、左の記事あり。美術の二字に注を入れあるなど、新字なりしを証すべし。

第二十二、美術(原注、音楽画学像ヲ作ルノ術詩学等ヲ美術ト云)の博覧会を工作の為めに用ゆ事、第二十四、古昔の美術と其工作の物品を、美術を好む人並に古実家展覧会へ出す事、第二十五、

今世の美術。

聞く、美術の字は英語 Fine art の訳なり。大鳥圭介、このとき、…中略…これに代ふべき適当の訳もなく、つひに一般の用語となりしものといふ。

【少年音楽隊】

商店の売り出し、宴会の余興、入営兵士の見送り等を目あてに、東京三越百貨店にて、二十九年春より、少年音楽隊を始めたり。しかるに、そ

の少年は、いつまでも少年ならず、つい数年にて廃止せり。

【信教の自由】

二十二年、大日本帝国憲法の発布とともに（その第二十八条に、「日本臣民は、安寧秩序を妨げず、及臣民たるの義務に背かざる限に於て、信教の自由を有す」とあり）、信教の自由たることを、明らかに確保せられたり。

【海流調査の始め】

中央気象台員理学士和田雄二、モーレーの著書を読みて……中略……海流測定の必要を悟りたり。

明治二十六年、和田氏は水産調査会の委員となり、発議して海流の調査を行ふこととなり、同年七月、報効義会の北征にさいし、まづ四百本の瓶を同会に依頼して、択捉、色丹の間に放流せり。その瓶の、後日拾ひ上げらるるもの五十六本、利するところ少なからず。

【小説細評の始め】

春の家主人の名にて、坪内雄蔵『書生気質』を出す。明治十八年春のことなり。高田早苗これを細評して、『中央学術雑誌』に寄す。これを、小説を細評したる始めとなす。ただ、何となく楽屋内の仕事のごとく思はれて、読みごたへなかりしもののごとし。

以上は、『明治事物起原』のほんの一部であるが、全体にみなぎる生命力は私たちには想像もできないものである。なによりも、この著書を表した石井研堂という人物の発想力と編集への執念は驚異といえる。

明治初期は、異文化との本格的交流を機にそれまで内包してきたエネルギーが解き放たれた時代だったのである。

新しいものは全て吸収し、古いものは根底から解体し尽くす。このような時勢の中で、文学の社会でも新しい動きが出ている。

小西甚一著『日本文学史』（講談社学術文庫）によると、「明治二十六年ごろから、正岡子規を中心として、俳句および和歌の革新運動がおこった。…中略…小説のほうでは、明治三十年後半から、写実的思潮が胎動していたが、日露戦争後、島崎藤村の『破戒』が自然主義の出発を告げ、田山花袋の『蒲団』（明治四十年「新小説」所載）にいたって、それが確立された。」とある。

もちろん、このような何でも新しいものを取り入れようという世相の中にあっても、冷静に移入文化と日本文化を比較し、古来の文化を大事にする人たちもいた。

その一人が、森鷗外であった。

鷗外は、明治維新に先立つ文久2年（1862年）に島根県津和野町の当時の津和野藩御典医の長男として生まれ、東京大学医学部を卒業し、23歳の時には陸軍の官費留学生としてドイツに留学している。

明治21年、27歳で帰朝した鷗外は陸軍軍医学舎（のちの軍医学校）と陸軍大学校の教官を務める一方、西洋文化の紹介と日本文化との調和にも努めている。

日本文学全集（筑摩書房）の『人と文学』において、唐木順三は鷗外のことを次のように書いている。

〈……鷗外が西洋からおしよせて来た近代的なもの、合理的文明と、日本古来の伝統

的なものとを調和させようとした人であった……〉

〈……明治に育った人のもつ背骨とでもいうべきもの、古今東西の学を踏まえて、その上に、なにものかをうみいだそうとする意志があった……〉

〈……西欧の新文学思想が紹介され、西洋小説の模倣が出て来たが、それもまた無能無学の徒の仕業に任せられていて、西洋文学の本質を理解するには至っていないと鷗外はいう。……〉

ところで、この時期の風潮について、鷗外自身、当時自らが政府の各種委員を務めた時の模様を、次のように紹介している。（前出文学全集・『妄想』より）

〈ある委員「家の軒の高さを一定にして、整然たる外観の美を成さう」

自分「そんな兵隊の並んだやうな町は美しくは無い、強ひて西洋風にしたいなら、寧ろ反対に軒の高さどころか、あらゆる建築の様式を一軒づつ別にさせて、エネチアの町のやうに参差錯落たる美観を造るやうにでも心掛けたら好からう」〉

〈食物改良議論
「米を食ふことを廃めて、沢山牛肉を食はせたい」
自分「米も魚もひどく消化の好いものだから、日本人の食物は昔のままが好かろう
……」〉
〈……正直に試験して見れば、何千年といふ間満足に発展して来た日本人が、そんなに反理性的生活をしていよう筈はない。……〉

『舞姫』『於母影』などで有名な鷗外ではあるが、アンデルセンの『即興詩人』、ツルゲーネフの『馬鹿な男』、トルストイの『瑞西館に歌を聴く』などの翻訳でも西洋の文化の紹介に努めている。

しかし、その鷗外にして、その心の深いところでは、自らの育った日本の文化への絶大な信頼と自信があったのである。

『妄想』は、明治44年3月から4月に発表されたものだから、この頃にはすでに多くの外来語の紹介と言語定義は確立されていたと思われる。

そうした言語認識の定着と「自然＝nature」という概念の定着にどのような人々が関わったのかについて考察するには、さらなる検証が必要である。

5. 誰が最初に「しぜん」と言ったのか

『明治のことば辞典』（東京堂出版）には、明治の新語として次のような熟語を紹介し、その出典と解説を記載している。

しぜんかがく【自然科学】

○〔普通術語辞彙・明38〕〔新訳和英辞典・明42〕〔辞林・明44〕〔模範英和辞典・明44〕〔哲学字彙〈三版〉・明45〕〔大辞典・明45〕〔新式辞典・大1〕〔大増補模範英和辞典・大5〕

○明治時代の新語。英語 natural science の訳語。森鷗外の『妄想』（明治44）には「自然科学のうちで最も自然科学らしい医学をしてゐて、」とある。

しぜんげんしょう【自然現象】

○〔哲学字彙〈三版〉・明45〕

○明治時代の新語。森鷗外の『灰燼』（明治44年～大正1）三には「小さな指のしなやかな、弾力のある運動に、或る自然現象に対すると同じやうな、……」とある。

しぜんしゅぎ【自然主義】

○〔日本大辞典・明29〕〔ことばの泉・明31〕〔普通術語辞彙・明38〕〔新訳和英辞典・明42〕〔日本類語大辞典・明42〕〔辞林・明44〕〔模範英和辞典・明44〕〔大辞典・明45〕〔美術辞典・大3〕

○明治の新語。英語 naturalism の訳語。二葉亭四迷の『平凡』（明治40）二には「近頃は自然主義とか云つて、……」とある。

しぜんとうた【自然淘汰】
○〔哲学字彙・明14〕〔独逸医学辞典・明19〕〔和英語林集成〈三版〉・明治19〕〔漢英対照いろは辞典・明治21〕〔日本大辞典・明26〕〔和英大辞典・明29〕〔ことばの泉・明31〕〔和仏大辞典・明37〕〔辞林・明44〕〔大辞典・明45〕〔新式辞典・大1〕〔博物学事典・大1〕
○明治の新語。英語 natural selection の訳語。坪内逍遙の『小説神髄』小説の変遷（明18）には、「是しかしながら優勝劣敗自然淘汰のしからしむる所」とある。「淘汰」は「陶汰」（たとえば『哲学字彙』明治14）と表記したものがある。

これらの中では、明治14年の『哲学字彙』に記載された「自然陶汰」が最も古い記述と見られる。

この『哲学字彙』の生誕のいきさつについて、先述の『明治事物起原』では次のように紹介している。

【哲学攻究の始め】

哲学は、最初英米より入り来り、英米の独逸流に感染せるとともに、十三・四年より、独逸流に向かひ、続きて、二十年よりは、まつたく独逸に限るごとき変遷を経たりき。十四年一月、井上哲次郎・和田垣謙三・国府寺新作・有賀長雄共著の『哲学字彙』小一冊成れり。……

つまり、この井上哲次郎らによる『哲学字彙』において初めて、「じねん」と読まれていた「自然」という漢字に、「しぜん」という読みがつけられたのである。

さらに、西洋の熟語として『哲学字彙』に紹介された「自然陶汰」は、やがて坪内逍遙により「自然淘汰」として明治18年に日本に紹介され、「しぜん」という読みの定着に一つの流れが出来たものと推測できる。

なお、江戸中期の医者・安藤昌益の「自然真営道」については、次のような理由で比較検討の対象としなかった。

一つ目が、読み方の問題として、「自然真営道」は一般に「しぜんしんえいどう」と紹介されているが、『詳説　日本史』（山川出版）や『日本史辞典』（旺文社）においては、「じねんしんえいどう」との読みもつけられており、「自然＝しぜん」という読みが確立されたと断定できないこと。

二つ目は、「nature＝自然＝しぜん」（名詞）としての使い方が確立されていないのではとの疑念がぬぐえないことがある。

例えば、農文協刊『安藤昌益』（２３３Ｐ）には、「……この不耕貪食をこととする輩に支配された社会を「法世」と呼び、自然の根本原理にもとづく社会を「自然世」と呼んで、その回復を呼びかけたのである。……」と記述しているが、ここでの「自然世」は名詞というより、社会の状態を示す形容詞として使用している。

このことは、世界大百科事典（平凡社）（「自然」の項内）においても、「安藤昌益の《自然真営道》においても、自然《しぜん》は〈自《ひと》り然《な》す〉活真（生ける真実在）というように、実在の自発自主の運動を意味する形容詞として用いられ、まだ天地万物を指す名詞になりきってはいない」と解説している。

三つ目として、安藤昌益の存在自体が一般社会に知られたのは明治41年（１９０８年）、狩里享吉による「大思想家あり」との『内外教育評論』による紹介が初めてであり、さらに、一般的に調査・研究されるようになったのは昭和に入ってからであり、すでに日本社会において、「nature =自然=しぜん」(名詞)との使用が定着してのちのことだったことがあった。

6. 柳父章による翻訳語の研究

柳父章著『翻訳語成立事情』(岩波新書)という本を入手したのは、2002年11月のことである。第1版は、1982年4月となっている。この本を早い時期に入手していたなら、私は、「自然」という言語の成り立ちについて、それほど悩むことはなかったに違いない。

「まえがき」と10の章で構成されるこの著書では、「自然」という章が設けられ、その章の副題は「翻訳語が生んだ誤解」となっている。

第7章に当たるこの章は、次のように8項による構成となっている。
一　混在する二つの意味
二　すれ違いの論争
三　natureと「自然」、意味の比較
四　「自然」は名詞でなかった
五　三つの分野の「自然」
六　「自然淘汰」はおのずからの淘汰、だった
七　意味の混在は気づかれにくい
八　日本語「自然」における意味の変化

1項では、「じねん」と翻訳語の意味の混在について概説し、2項で明治22年の巖本善治と森鷗外の「文学と自然」をめぐる論争についてふれ、3項で伝来の「自然」とnatureの使われ方の違いを詳しく説明している。

さらに、4項においてnatureが「自然」と翻訳されたのは、『波留麻和解』（1796年）であり、オランダ語のnatuurが「自然」と書かれていることを紹介し、『英和対訳袖珍辞書』（1862年）では、「天地自然」とは「天地がおのずからしかる」という意味で、名詞で

はなく形容詞であり、『仏語明要』（1864年）において初めて名詞として登場しているが、これは例外であり「自然」が翻訳の影響で名詞として扱われるようになったのは明治20年代以後のことであると記述している。

柳父章は、この7章で完璧に翻訳語としての「自然」という言語の成り立ちを解説してみせ、この言葉をめぐる混乱についても分析している。

この本によると、初めて「自然」を名詞として記載した辞典として『漢英対照いろは辞典』（1888年・明治21年）をあげている。名詞として扱われるようになった原因として、「……nature の翻訳語となることによって、名詞とみなされるようになってきた……」としている。いずれにしても、翻訳の必要性から使用されるようになったのである。

明治14年の『哲学字彙』、明治18年の坪内逍遥の『小説神髄』、明治21年の『漢英対照いろは辞典』、さらには明治22年の巌本善治と森鷗外の論争と様々な図書への掲載や当時の先駆的人々による論争に使用される中で「自然」に対する問題意識が芽生え、日本の知識人の大きな話題となっていったのであろう。

ところで、この過程で重要な働きをしている森鷗外について、『翻訳語成立事情』は「早稲田文学の後没理想」（1892年）から次のような文章を参照し評価を加えている。

……没をも常の無といふ義にとらるゝときは、造化に永劫不滅のものなきやうに解せらるべし。……古今の哲学者及審美学者が用ゐなれたる理想の語は矢張その用ゐなれたる義に使はるゝこと止まざるべく、……

柳父章は、この中の「……古今の哲学者及審美学者が用ゐなれたる理想の語は矢張その用ゐなれたる義に使はるゝこと……」という表現から、「……『哲学者及審美学者』が用いているから、それは『常の義』なのだ、という考えである。……およそ、ことばの意味は、『哲学者及審美学者』がきめるのではない。……鷗外のこの逆転したことば観を、逍遥もまた反論できなかった。……」（翻訳語成立事情・78～79P）と指摘し、森鷗外自身が「自然」という言葉を自らのものとして論争していたのではなく、「西欧の識者がそういっているから、そうなのだ」という決め付けで論議し、同じく理解が不足していた巖本善治や坪内逍遥は、この森鷗外の論法を打ち破ることができなかったと分析している。

さらに、言葉の意味について、「……学者や知識人がことばの意味をどう定めようと、単なる記号ならいざ知らず、現実に生きていることばは、少数者の定義で左右できるものではない。……」(翻訳語成立事情・78P)と指摘している。

私は、先に引用された鷗外の文章の中に「造化」という言語が使用されていることからも、柳父章の指摘のとおり、鷗外自身が「自然」の意味を十分認識していたものではないことを実感している。つまり、他者との論争の中においては、西欧の識者の定義を援用し、「自然」を明確に定義しているにもかかわらず、自らの言葉としては「自然」ではなく「造化」を使用しているのである。ただ、こうした現象は鷗外のみならず、当時の知識人たち全般に言えることであるのは、この『翻訳語成立事情』に詳述しているので一読されることを薦める。

7. 坪内逍遥と「自然」

さらに、この時期における「自然」という言語の定義と使用実態の変遷を見てみたい。具体的に、当時の和英辞典なり英和辞典では、どのように解説されていたのだろうか。

英和辞典が日本に登場するのは、長い鎖国の時代を経た江戸時代後期のことである。当時、長崎を窓口として海外と交流をしていた日本にとって、オランダ語が唯一有効な西洋の言語であった。

しかし、イギリス・アメリカなどの艦船が寄港する機会が増える中で、オランダ語のみでは対応できなくなり、長崎に於いて本木庄左衛門が中心になり日本で初めて英語辞典を編纂したのが文化11年（1814年）のことである。

私は、長崎県立図書館所蔵の『和英語林集成・第2版』（J・C・ヘボン、明治20年11月出版・日盛館）を参照することとした。

この辞書の初版本は慶応3年（1867年）に出版されており、横浜在留の医師ヘボンの編纂で外国人の手による最も古い和英辞典である。

この辞書は、本編に於いてはローマ字表記にカタカナの読みが付けてあり、さらに後編では英語から日本語を引くようになっている。

「自然」に関係する数項を列記する。

《本編》

- Umare-tszki、ウマレツキ

  Nature

- Tennen、テンネン、天然

  Natural、produced or effected by nature、

  of itself、spontaneous.

  Syn. shizen

- Shizen、シゼン、自然

  Spontaneously、of itself、

  of its own accord、naturally、

  of course.

  Syn. おのずから

《後編》

- Natural、Umaretszki-no

  生まれつきの、あたりまえ

  当然、disposition、本性

- Naturally、生まれつきに、全体

  g'wanrai、(元来)

  自然、生得 (shōtoku)

- Nature、Shō、性

  質、生まれつき

  性質、shō-ai、sei

この辞書からは、「自然」とは「生まれつき、元来、当然」といった意味合いで理解されており、今日、私たちが一般的に理解している「自然」と比較すると、意味合いがやや狭義である。

ところが同じくヘボンの編集による同館所蔵『和英英和・五林集成』には、「nature」の訳として次のように表記している。

・NATURE、n
性（Shō)、質、生まれつき、
性質、Shōai、性（sei)
持ち前、万有（banyū)、
宇宙（uchū)、天理（tenri)

この辞書は、第5版で明治27年2月13日に丸善株式会社書店から発行されているが、第1版は明治21年5月1日出版である。

日成館の『和英語林集成』では見られなかった、「万有・宇宙・天理」という熟語が含まれており、名詞として分類されている。

さらに当時の国語辞典で確認すべく、同館所蔵『和漢雅俗・いろは辞典』（明治22年2月出版）及び『言海・第2版』（明治24年12月出版）を調べてみた。

『和漢雅俗・いろは辞典』

・しぜん（形副）　自然、おのずから、おのずと

・しぜんたうた　自然淘汰、おのずからえりわけること（進化論の説にて優れる者適する者は自然に盛んに成り劣れる者は自然に亡ぶるを謂ふ）

・じねん（形副）　自然（しぜん）、おのずから

『言海』

・しぜん（副）　自然　オノヅカラ

天然ニ

・てんねん（名）　天然　自ラ然ル
自然《シゼン》

これらの辞書では、「自然」について「おのずから、天然」と同義語として取り扱っている。

つまり、老子の言葉のように、人の生き方、人の心のあり方を論ずる哲学的意味合いの範囲を出ていない。

このような時代背景の中で、坪内逍遙は『小説神髄』を著し、「自然淘汰」という熟語を使用しているのである。

この時点で、坪内が「自然」をどのように理解していたのかを確認する意味で、『日本文学全集』（筑摩書房）により『小説神髄』を通読し、関係する表現を拾ってみた。

１０８Ｐ

……自然にして、其用ふる言語の如きも成るべく平滑流暢にて……

117P

……是れしかしながら優勝劣敗、自然淘汰の然らしむる所、まことに抗しがたき勢ひというべし。……

120P

……自然の趣きをのみ写すべきなり。…中略…其人情と世態とは己に天然のものにあらず、……

122P

……造化の文才を人に附与ふるや、其性質と運命とは何等の自然の機関によりて(ジョン・モーレイの言の引用)

125P

……つとめて天然の富麗をうつし、自然の跌宕を描き……

この中で、坪内はたびたび「自然」という言語を使用している。しかし、そのほとんどが〈おのずから〉といった意味の形容詞として使用されており、今日的意味合いでの「自然」としては使用していない。

ただ、「自然淘汰」以外に「自然の機関（しかけ）」という表現も使用しており注目に値する。

つまり、西洋の言葉として、「自然淘汰」「自然の機関」を使用しているのである。

では、「自然」に対応する表現として、どのように表現しているかというと「天然」「造化」「天地万象」「森羅万象」「活世界」という言葉を使用している。

104P

……天然不測の力…中略…天然と生存との……

123P

……造物主は天地万象を造りて私なし。……

……造化の翁が造りなしたる活世界は極めて広大無辺にして、……

181P

……紙上の森羅万象をして活動せしむる……

先述の文学全集によると、坪内は安政6年（1859年）に岐阜県に生まれ、17歳の時には英語学校に於いてアメリカ人レーザムからシェークスピアの講義を受けている。

明治13年22歳の時には、早くもスコットの『ランマムーアの新婦』の一部訳を出版し、25歳になると『ジュリアス・シーザー』を完訳している。

『小説神髄』は、坪内が27歳の時（明治18年）に出版したもので、明治文学の端緒となったものである。

坪内はシェークスピアの影響を強く受けており、シェークスピアにかかわる文献を学習する中から「自然」という言語を身につけたものと推測できる。

同文学全集には、『『マクベス評釈』の緒言』（明治24年10月）も納められているが、この中に於いて坪内は明確に「自然」という言語を日本に紹介する意志を表明している。

193P

……此の故にジョンスン、コールリッヂ以来、シェークスピヤの作を評して自然の二字を用ひざりし者は稀なり。……

つまり、シェークスピアの文学を評価・表現するには、「自然」という言葉が必要だったのである。

この緒言は約5,500文字で書かれているが、その中で「自然」を15回、これに対応する（つまり在来の表現として）「造化」を13回使用している。

区　分	使用頁	表　現　実　例
新言語による表現	192P	自然に似たる
	193P	自然に似たり
		自然といふものを観よ
		自然は只、自然にして
		自然を憤りて
		自然の本相なり
		自然の風光の
		自然の二字を
		自然の有りのまま
	194P	自然の宝石
		自然の宝石
		自然の霊光
		自然に消たれば
	195P	自然に消て
在来言語による表現	192P	造化に消たる
	193P	造化を怨み
		造化を情深き慈母のやうに思ひ
		造化の作用
		造化にあてはめ
		造化といふものは
		造化の法相
		造化の本意
		造化の本体
		造化に似たり
		造化の本性
		造化の捕捉して解釈しがたき
		造化に似て

比較して明らかなように、相対する表現事例を丹念に並べ「造化」から「自然」に切り替え理解できるように工夫されている。

しかも、これまで形容詞として使用されてきた「自然」が、名詞として使用されていることも注目に値するし、重要なことである。

坪内には、シェークスピアを日本に普及する上で、「自然」という言語を日本人に理解してもらう必要があったのである。

そして、ここに初めて「自然＝しぜん＝nature」という理解が定着したと言える。これを時期的に言うならば、『小説神髄』を著した明治18年から「『マクベス評釈』の緒言」までの間に確立されているわけであるが、明治24年というのは、「『マクベス評釈』の緒言」の出版の年であることから、推敲の時間などを考えると、明治23年以前に坪内の中では確立されたと考えるのが妥当であろう。

余談ではあるが、『小説神髄』から「『マクベス評釈』の緒言」まで約6年のブランクがあるが、この時期、坪内にとっては決定的な出来事が起きている。

それは、明治19年1月25日の二葉亭四迷の来訪と以後の二人の親交である。（『坪内逍遥』

第一書房）

ちなみに、二葉亭の『小説総論』（明治19年）にも「自然」という言語は使われているが、ここでは「偶然」に対置する意味で「当然・必然」の意味で使用されている。（先述文学全集より）

335P

……偶然の中に於いて自然を穿鑿し……

336P

……種々雑多の現象（形）の中にて其自然の情態（意）を直接に感得するものなればば……

……実相界にある諸現象には自然の意なきにあらねど、夫の偶然の形に蔽はれて判然とは解らぬものなり。……

……意は実相界の諸現象に在って自然の法則に随って発達するものなれど……

二葉亭は坪内より5歳年下であるが、きまじめな彼の性格は坪内にも影響を与えている。

そのことについて坪内自身が次のように語っている。(『坪内逍遥』第一書房より)

222P

……「私は切に自己改造の必要を感じはじめた。主義なき理想なき自分を愧じた。で、二十二年度に於ける二人の話柄は、主としてお互ひの性格論、修養論で終始するのが例であったが、……」

さらに、同書によるとシェークスピアの「シーザー」を翻訳したのは明治16年のことであるが、「二十二三年度までは、實は、本格的にシェークスピアについて研究していなかった」(255P)と断定している。

そして、この「二十二三年」は、22年には東京専門学校(後の早稲田大学)の学生を相手に「ハムレット」の私宅講義を行っており、23年9月の文学科の創設と同時に英文学を担当し、シェークスピアやスコットなどの講義を開始していることから、英文学者としての逍遥の地位の確立と逍遥自身のシェークスピアの言葉との関係が確立されたであろう時期として重要な意味を持つものである。

つまり、日本に「自然」を紹介することとなった坪内ではあるが、レーザムとの出会い、彼を通してのシェークスピアとの出会い、さらには二葉亭四迷との出会いを通して、彼自身の文学観の確立、シェークスピア観形成の過程として「自然」を自分のものとしていったのである。

まさにこのことこそが、「自然＝しぜん＝nature」という今日的意味で「自然」が言葉として必要とされ、使用し始められた要因といえるのではないか。

8．西洋における「自然」

坪内によって確立された今日的「自然」だが、この時期以降、多くの作家の作品の中でこの言語を散見するようになる。

いくつかの例を参考のために記載する。

森鷗外（角川文庫）

『ふた夜』（明治23年1月）

……この美しき自然の屋根の下にて、粗末なる木卓を前にしたる二人の若き士官あり。……

北村透谷（日本文学全集・筑摩書房）

『明治文学管見』（明治26年4月〜5月）

……単に自然の模倣を事とする美術を以て真正の満足を得ること能はざるは必然の結果なる……

徳富蘆花（『自然と人生』岩波文庫）

『風景画家コロオ』（明治30年9月）

……彼は十分に自然を愛し、自然を解し、自然に同情を有し、而して活ける自然を伝ふる……

田山花袋（日本文学全集・筑摩書房）

『インキ壺　抄』（明治42年11月）

……人間は自然の一部でありながら、自然の姿を其儘実現することが出来ぬとは情けないことだ……〈象徴派〉

……従って自然でなく、自然の一部分の「美の表現」だけを目的とした……〈メッキ〉

……空知川の辺りに行き着いた時の感想、落木蕭条たる大深林の底から自然の威圧におのゝくくだりこそ、独歩の自然観……〈国木田独歩〉

このような経過で定着していった「自然」ではあるが、果たして彼らが参考とした西欧の「自然」と同質のものだったのだろうか。

明治期の文人たちが参考としたイギリスの17世紀から19世紀はどのような状況下にあったのか。

キース・トマスの『人間と自然界』（法政大学出版局）から幾つか引用させてもらう。

〈17世紀初頭になると都会の工場から出る有害物をめぐって多くの争いがおこったのである。ジェームズ一世は、ロンドンの澱粉製造業の汚染を告発する一連の公布書をだし、セント・キャサリンズ・バイ・ザ・タワーの明礬工場から排出されるガスが住民に有害で、その廃棄物がテムズ河の魚を殺している、と1627年にオールドゲイトのセント・ポトルフ教区の住民たちは訴えている。〉

〈1844年にケンダルとウィンダーミア間に鉄道敷設計画がもちあがったとき、湖沼地方——「ランカシャーの全部とヨークシャーの大部分」を彼はこう呼んでいた——が人波で氾濫するという主旨の見解から、ワーズワスは反対した。〉

〈17世紀半ばからあらゆる種類の野鳥に加えられる残虐行為を非難した詩集が、着実に増加し、中産階級の人々の感性に予想できないほどの効果をもたらしたのである。〉

〈18世紀を通じて二百万エーカー以上の土地が整然と開墾され、農耕地や牧草地に変貌した。…中略…だが、ピクチャレスクな美の愛好家にとって、「生垣で私有地をとりかこみ四角四面の定形に分割すること」はウィリアム・ギルピンの言葉を借りていえば、《不快極まること》であった。〉

以上の記述を読み、読者の皆さんはどのように感じるだろうか。なんと、１９６０年代から今日の日本の状況そのものであり、私たちが考えなければならないと突きつけられている諸問題と同じことが、当時のイギリスではすでに起きていたのである。

このような状況を、明治期の文壇の人々が理解できるはずもなく、豊かな自然を満喫していた日本の人々にとって「自然」は文学上の言葉であり、「はやり」の言葉としてしか定着していなかった。

一方では、イギリスの人々にとって「自然」は、人間に豊かな心を保証してくれる〈感得の対象〉だったのである。明治期の日本人にも親しまれたワーズワースの詩「虹の歌」によりその一端を観てみよう。（『英米詩集』白凰社より）

空に虹を見るときに
私の心はおどる
私の生涯の始まったときもそうだった
大人となった今もそうである
年をとってもそうだろう
　さもなくば死んだ方がよい
子供は大人の父である
さればわたしの生涯の一と日一と日が、願わくは
自然に対する畏敬の念でつながれているように

さらに、おなじイギリスでは別の形で「自然」を見る人々もいたのである。そのことについて、先出の『人間と自然界』から引用させてもらう。

21P

……楽しみのために動物を好んで殺そうとする人々さえ――と１６４２年にトマス・フラーは述べている――「被造物に対する人間の支配特権」を援用できるし、熊攻め〔イヌをけしかける昔の見世物〕や闘鶏についても、「キリスト教公認のスポーツ」と強弁できるだろう。動物にたいする人間の権威について、１７３５年に狩りを好んだ詩人、ウィリアム・サマビルは紋切型の世知をいみじくも次のように要約している。

「獣はかの人の持ち物　かの人の意志に従い、かの人のためにつくられしもの
邪魔になれば殺し、益あらば　生かすもよし、人こそまさに唯一の専制王」

23P

……カール・マルクスが指摘したように、ユダヤ人が決して行わなかったやり方で自然界の略奪へとキリスト教徒をおもむかせたのは、宗教のせいではなく、私的所有と貨幣経済の到来がその原因であり、《自然の神格化》に終止符をうったのは、いわゆる「資本の偉大な文明化作用」と彼がよんだものにほかならない。……

キリスト教の自然観が与えた影響は、イギリスのみならず西洋全域において、「かの人

の創造物である自然を、かの人の子である人間が優先的に使役することは当然である」という考え方として生き続けていた。

では、なぜキリスト教においては、このような自然観が育まれたのだろうか。

このような自然観、つまり「人間の生活のために改良し、征服すべき対象」という、地上の全てのモノを把握し尽くすという思考パターンは、おそらくはキリスト教が成立した時代の自然と人間の関係を示していると言える。

ちなみに、旧約聖書（日本聖書協会・１９５５年改訳版）から当時の状況を推察できる表現を幾つか引用する。

〈ヨブ記〉
７２６Ｐ…ひでりと熱さは雪水を奪い去る
　　陰府が罪を犯した者に対するも、これと同様だ
７２８Ｐ…夜はつむじ風が彼を奪い去る
〈詩篇〉
７９０Ｐ…み前には焼きつくす火があり

そのまわりには、はげしい暴風がある
806P…大水が流れ来て、わたしの首にまで達しました
わたしは足がかりもない深い泥の中に沈みました
わたしは深い水に陥り
大水がわたしの上を流れ過ぎました

〈イザヤ書〉
958P…主はエジプトの海の舌をからし
川の上に手を振って熱い風を吹かせ
その川を打って七つの川となし
963P…ニムリムの水はかわき
草は枯れ、苗は消えて、青い物はない

四季があり季節折々に山・川・海からの恩恵にめぐまれて生活できた日本の人々と違い、過酷な気象状況の中で生きなければならなかったエジプト及び中東の人々は、「自然」とは「克服しなければならない対象」であり、「神が与えた試練」であり、勝ち残った者、

神に選ばれた者のみが「自然」の恵みを「占有」することを許されると理解するのであった。

極端な言い方をすれば、「自然から与えられた試練とその克服のための葛藤」こそ、キリスト教成立の心理的背景となっているのである。

したがって、キリスト教の自然観が先のような形で結実するのは、当然といえば当然である。

春には、さくらんぼや桃があり、初夏の時期になると山桃や桑の実やびわが、秋には柿の実取りや栗拾いがある。

それこそ次から次に、四季の贈り物が送り届けられる。

日本人はこれらの贈り物のひとつ一つに感謝し、かみしめ、来年も同じように実りがあるように田や畑や森に恩返しをする。したがって、それら全体を把握し「自然」などと意識する必要はなかったのである。

たまに訪れる自然災害でさえ、田や畑に潤いをもたらし、森を鍛え、川や海を浄化してくれる恵の現象ととらえる。そのような先祖からの教えが否定されず生き続ける。

このような生活環境の違いが「大風」「大水」「ひでり」などの自然現象を、人間を圧迫する現象であり克服するべき対象とする西洋の人々と、来年への飛躍を約束してくれる「一時的」な「神の思し召し」ととらえる日本人の思考パターンの違いをはっきり認識した上でこそ、「自然」という言語の背景を理解できるのだろう。

つまり、生活する自然環境の違いこそが西洋の人々と日本人の自然に対する思考パターンを違わせる大きな要因となってきたのである。同時に、このことは自然と自らの関係を定義する言葉もまったく異質なものとして育むこととなったのである。

9. すれ違う言語認識と分離した「自然」

歴史的に大きなギャップを背負って移入された「自然」は、坪内においてはシェークスピアを紹介するための言語として、徳富蘆花においては風景画家コロオを紹介する言語として認識され、文学上の新しい概念としての言語、「はやり」の言語としてしか定着していなかった。

このことについて、相馬庸郎著『日本自然主義論』（八木書店）には、次のように記述している。

〈日本自然主義文学の社会的ひろがりの狭さや浅さも、何らかの形でこの「自然」概念の性格とかかわりがあることは、まず疑いえないところである。〉

〈日本の自然主義が自然科学的な決定論などとむすびつかず、「象徴派」的なものとむすびついていったことは、その「自然」概念自体の特殊な性格とも関連している。〉

柳父章は、こうした現象を次のように分析している。

〈「自然」は、nature の翻訳語とされることで、直ちに nature の意味がそこに乗り移ったわけではなく、まず、nature とおなじような語法で使われるようになった。〉

〈論理学の用語で言えば、内包的な意味はもとのままで、外延的に、あたかも nature ということばのように扱われた。対象世界を語ることばのように扱われた。これは意味の上からは矛盾である。……使用者は、矛盾を埋めるような意味を求めていく。……〉

実に不十分な形でしか認識されなかった「自然」は、やがて日本人にとって数々の悲劇の舞台を作り出すこととなる。

それは他でもない、「ひとつの言語」に異なった認識が分離し徘徊することによってもたらされたものである。

日本人は古来自然界から生活資材を調達するときには、それらの命に感謝し、それらを与えてくれた山・川・海に感謝していた。さらには、日本人は自らの命はこれらにより「生かされ」ている、という認識すらあった。

にもかかわらず、明治以後の日本の近代化はそのような「命の畑」を踏みにじり、変質させてしまうものとなった。

日本古来の思想は、明治以降の近代化を前にして、なぜ無力だったのだろうか。

キース・トマスは『人間と自然界』の中で、この日本の状況についてもふれて次のように記述している。

23P

……現代でも、日本人は自然を崇拝しているといわれているが、にもかかわらず日本の工業汚染を阻止できなかった。生態学的問題は西洋固有のものではない。というのも、土壌の浸食、森林伐採、動植物の絶滅は、ユダヤ＝キリスト教の伝統がまったく影響していない世界各地でおきているからである。……

このキース・トマスの指摘を読むにつれて、人間による「自然界の略奪」に関するカール・マルクスの指摘の鋭さは注目に値する。

私たちの日本も、明治維新という形で資本主義社会へ仲間入りし、いわゆる近代社会へと変貌を遂げてきた。この過程で、私たち日本人は「自然」という言語に対する認識の足りなさから、西洋での過ちを理解できぬまま近代化の道をひた走ったのである。

近代化の原動力は、科学であった。

「自然」という言語に対する認識不足に見られるように、社会生活の基本ツールである言語との密接な連携のないまま取り入れられた科学は、生産性向上のみを至上命題として暴走する宿命を負っていたのである。

しかも、数千年に亘って培ってきた森羅万象の一つひとつの個物との「向き合い」の関係を無惨にも裁ち切り、「自然」を改良・征服できるという幻想とともに、自ら寄って立つべき大地を限りない荒廃へと導く暴走を始めたのである。

明治は、「日本の近代化のレールを敷いた」時代といわれる。しかし、そのレールは「克服・改良できる自然という認識」と「豊かな恵みを与えてくれる自然という認識」という、ふたつの異質な土台の上に敷かれたレールであった。

そして、現代の私たちがしていることは、レールの上を走る電車に乗り、そのレールの下の土台のあり方を論議する、そのようなことではないだろうか。

それにしても、「自然」という言語に対する分離した概念が、人々の発想を貧困にし、本来豊かなはずの日本人の感性を鈍らせてきたことを、大いなる反省をもって再確認する必要があるのではないか。

その際、ちょっと電車から降りてみる勇気も必要であることをあえて付言する。

10. むすびに　―失われた中須川の自然への哀愁を込めて―

昭和27年に生まれた私は、いつのまにか歴史の証言ができる年齢となった。

ふるさとの、四方を山に囲まれた閉鎖的な風景を私はあまり好きではない。ただ、集落を二つに分断するように流れる中須川は、幼い頃からの遊び場であり、感性を育む学びの場であり、今となっては唯一郷愁を覚える場所であり、好きな場所である。

大きく蛇行したその川の岸辺は、様々な植生で賑わい、水中の生物と陸上の生物たちの出会いの場であった。

残念なことに、この川も近代化という流れの中でその様相を大きく変えてきた。石積みで始まった河川改良は、やがてブロック張りの川岸に変貌し、大きく蛇行していた川筋は集落近辺では直線化され、幼い私たちが鮎と戯れた小さな堰はいつの間にか強化ゴムによる水量調節施設へと変わっていった。

かつて小さな堰の下流では、春先になると四角い網で白魚を獲る風景が風物詩となっていたが、今、その堰の下流域は惨めにも水底は泥の堆積が日常化し、白魚の姿は見られなくなった。

こうした変貌を悲しむのは私だけではない。この地域の人々も白魚を恋しがり、見られなくなった岸辺の植生を懐かしんでいる。

ところが、皮肉なことにこのような河川改良を行政に働きかけたのは、他でもないこの地域の人たちなのである。数年に一度ある大水の恐怖から、水田を守り、生活の安全を守るために、この地域の先輩たちは行政にすがり中須川の改良をするしかなかった。

さらに皮肉なことに、この大水の恐怖を招いたのも、またこの地域の人々の生活のための努力の結果であった。

本来、中須川は山間を流れ玉之浦湾へと注ぐ静かな川だった。しかし、河口域で行われた干拓事業により、その流れは大きく変わらざるを得なくなったのである。その結果として、数年に一度の大雨の時には氾濫するしかそのエネルギーを解放する方法がなくなったのである。

明治期に移入された「自然」という概念は、残念なことに十分認識されないまま今日を迎えていると言わざるを得ない。

メイナク族の酋長の言葉に触発されて分け入った「自然」の林であったが、私たち日本人も彼らと似たような環境で生活し、それゆえに「自然」という言語を必要としないゆたかな生活を与えられていたことを思い知らされた。

ちなみに、日本人の周りには「自然」という言葉では表現されていなかったが、森があり、川があり、海があり、それぞれにはそれぞれの禽獣たちが生き生きと生活し、それぞれには人々が畏れる神がいた。

山の入口には「山の神」が祀られ、川の淵には「水の神」が祀られ、田んぼの畔には「田の神」が祀られ、家の中に入れば竃《かまど》の近くには「火の神」が祀られており、人々はこれらを恐れ、感謝しつつ生活していた。

いつのまにか、これらのモノとの距離を忘れ、傲慢になってしまった私たち日本人は、大事な自分の中の何かをどこかに捨て去ってきたのではないだろうか。

21世紀の初頭にあたり、あらゆる分野で謙虚な気持ちで捨て去ってきたモノを再確認し、必要なモノについては復権を果たさせるという作業は大変重要であると考えるのは私だけではないだろう。

昨今、根拠のない情緒的な歴史論議が横行しているが、日本という狭い国土の上で繰り広げられた先輩諸氏の七転八倒の歴史全てを受け入れ、後続への強い愛着を込めて、あえて苦々しい事柄からも逃げることなく、真正面から受け止める生き方、研究し普及する姿勢が必要であろう。

著者プロフィール
中里 和彦（なかざと かずひこ）
長崎県五島市在住
(長崎県南松浦郡玉之浦町中須郷にて出生)

雨の土曜日

2023年11月15日　初版第1刷発行

著　者　中里 和彦
発行者　瓜谷 綱延
発行所　株式会社文芸社
〒160-0022 東京都新宿区新宿1－10－1
電話 03-5369-3060（代表）
03-5369-2299（販売）

印刷所　株式会社晃陽社

ISBN978-4-286-24643-7

料金受取人払郵便

新宿局承認

2524

差出有効期間
2025年3月
31日まで
（切手不要）

郵便はがき

1 6 0-8 7 9 1

141

東京都新宿区新宿1－10－1

(株)文芸社

愛読者カード係 行

お名前《ふりがな》		明治　大正 昭和　平成　年生　歳
ご住所《ふりがな》	□□□-□□□□	性別 男・女
お電話 番　号	（書籍ご注文の際に必要です）	ご職業
E-mail		
ご購読雑誌（複数可）		ご購読新聞 新聞

最近読んでおもしろかった本や今後、とりあげてほしいテーマをお教えください。

ご自分の研究成果や経験、お考え等を出版してみたいというお気持ちはありますか。

ある　　ない　　内容・テーマ（　　　　　　　　　　　）

現在完成した作品をお持ちですか。

ある　　ない　　ジャンル・原稿量（　　　　　　　　　　　）

書　名			
お買上 書　店	都道 府県　　　　市区 郡	書店名	書店
		ご購入日	年　　月　　日

本書をどこでお知りになりましたか?

1.書店店頭　2.知人にすすめられて　3.インターネット(サイト名　　　　　)

4.DMハガキ　5.広告、記事を見て(新聞、雑誌名　　　　　)

上の質問に関連して、ご購入の決め手となったのは?

1.タイトル　2.著者　3.内容　4.カバーデザイン　5.帯

その他ご自由にお書きください。

(　　　　　　　　　　　　　　　　　　　　)

本書についてのご意見、ご感想をお聞かせください。

①内容について

②カバー、タイトル、帯について

弊社Webサイトからもご意見、ご感想をお寄せいただけます。

ご協力ありがとうございました。

※お寄せいただいたご意見、ご感想は新聞広告等で匿名にて使わせていただくことがあります。

※お客様の個人情報は、小社からの連絡のみに使用します。社外に提供することは一切ありません。

■書籍のご注文は、お近くの書店または、ブックサービス(0120-29-9625)、セブンネットショッピング(http://7net.omni7.jp/)にお申し込み下さい。